TABLEAUX

Cabinet de M. le Vicomte de V*** *Montault*

M. CHARLES PILLET,	**M. F. LANEUVILLE**
C. Priseur	Expert.

CATALOGUE

D'UNE RÉUNION

DE

TABLEAUX

TRÈS-PRÉCIEUX

DES PREMIERS MAITRES FLAMANDS ET HOLLANDAIS

formant le Cabinet de M. le Vicomte de M......

DONT LA VENTE AURA LIEU

HOTEL DES COMMISSAIRES-PRISEURS

RUE DROUOT, N° 5

SALLE N° 5

LE VENDREDI 14 MAI 1858

A QUATRE HEURES

Par le ministère de Me **CHARLES PILLET**, Commissaire-Priseur
rue de Choiseul, 11
Successeur de M. BONNEFONS DE LAVIALLE

Assisté de M. **Ferdinand LANEUVILLE**, Expert
rue Neuve-des-Mathurins, 78

EXPOSITION PARTICULIÈRE, Le 12 Mai 1858, de midi à 5 heures
Id.   PUBLIQUE.   Le 13 Mai 1858,   Id.

PARIS

RENOU ET MAULDE

IMPRIMEURS DE LA COMPAGNIE DES COMMISSAIRES-PRISEURS,
rue de Rivoli, 144.

1858

CONDITIONS DE LA VENTE

Elle sera faite au comptant.

Les acquéreurs paieront cinq pour cent en sus des adjudications, applicables aux frais.

AVERTISSEMENT

Nous sommes heureux de pouvoir annoncer enfin la vente d'une réunion de Tableaux peu nombreuse, il est vrai, mais composée entièrement d'œuvres si incontestables que nous n'hésitons pas à nous rendre garant personnellement de leur authenticité.

Tous ces Tableaux ont été tirés des collections les plus renommées, Patureau, Van Saceghem, Van Paris, Mecklembourg, roi de Bavière, lord Bute, feu sir Thomas Baring, Calonne, Séréville, Burtin.

Tout éloge étant superflu nous nous en abstiendrons.

F. LANEUVILLE.

DÉSIGNATION

DES

TABLEAUX

N° 1

BACKUYZEN (Ludolphe).

Vaisseaux de guerre en rade.

Toile.—Hauteur 110 c. Largeur 185 c.

Collection lord Bute
Feu Mr Thomas.

Nº 2

BACKUYZEN (Ludolphe).

Les approches d'une Tempête.

Toile. Hauteur 65 c. Largeur, 05 c.

Ancienne Collection du roi de Bavière

Id.   Adamovics.

Nº 3

HOOG (Pierre de).

Dans une chambre dont les ornements indiquent l'aisance de ceux qui l'habitent ; une jeune mère de famille tient un petit enfant sur ses genoux et lui fait remarquer sa sœur portant dans ses bras un petit épagneul.

Bois.—Hauteur 60 c. Largeur, 41 c.

Collection du baron de Mecklembourg

N° 4

LINGELBACH (JEAN).

Départ de chasse.

Toile.—Hauteur 53 c. Largeur 65 c.

Collection Van Saeghem.

N° 5

MIÉRIS (FRANÇOIS).

La Dame de qualité.

Bois.—Hauteur 14 c. Largeur 11 c. (Ovale.)

Collection Calonne.
Id.   Lublin, d'Amsterdam.
Id.   de Séréville.

Nº 6

OSTADE (Adrien).

Le Joueur de vielle.

Composition de plusieurs figures, elles sont d'une dimension (11 pouces) assez rare à rencontrer dans les œuvres de ce maître.

Bois.— Hauteur 48 c. Largeur 40 c.

Collection Bartin.

Nº 7

RUYSDAEL (Jacques).

Entrée d'un bois.

Toile.—Hauteur 52 c. Largeur 66 c.

Collection Paluseau.

Nº 8

SASSO FERRATO.

La Sainte Vierge et l'Enfant-Jésus.

Toile.—Hauteur 76 c. Largeur 59 c.

Nº 9

SLINGELANT (Pierre Van).

La petite Fille à la cage.

Bois.—Hauteur 17 c. Largeur 13 c.

Nº 10

TENIERS (David) et ZORG (Henri).

Intérieur de cuisine.

Deux fumeurs, dont un s'entretient gaîment avec une femme debout
derrière eux. Des accessoires de cuisine et des légumes sont à terre.

Bois.—Hauteur 42 c. Largeur 60 c.

Nº 11

VELDE (Adrien Van de).

Pâtre gardant un troupeau de vaches et de moutons.

Toile.—Hauteur 35 c. Largeur 42 c.

Ancienne Collection du roi Maximilien de Bavière.
Id.   Adamovics.

Nº 12

WEENINX.

Débarquement de troupes près des remparts d'une
ville.

Toile.—Hauteur 130. Largeur 166.

Nº 13

WOUWERMANS (Philippe).

Chasse au marais.

Toile.—Hauteur 51 c. Largeur 40 c.

Collection Van Paris.